이혼해도 될까요?

노하라 히로코 글·그림
장은선 옮김

자음과모음

차례

등장인물

시호
34세. 두 아이의 엄마.
이 작품의 주인공.

시호의 남편
36세. 회사원.
철부지에 자기중심적.

케이
8세. 장남.
축구를 잘한다.

슈
6세. 둘째 아들.
엄마를 매우 좋아한다.

시작하며

회사 일 하는 것도 아니면서.

냠냠

잘 먹겠습니다.

탁 탁 탁

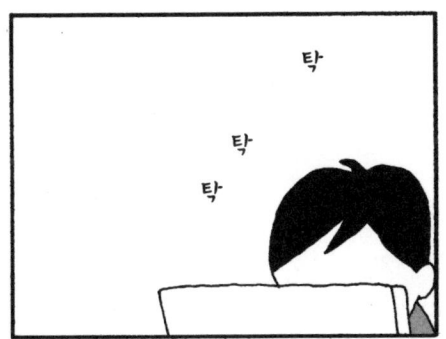

탁 탁 탁

탁 탁 탁

이 사람한테는 눈앞의 가족보다

탁 탁 탁

여보, 밥.

컴퓨터 너머의 사람이 중요하지.

알아.

도대체
앞으로
몇천 번

어디?

떼어
졌어?

응.

냠냠

똑같은 말을
들어야
하는 걸까.

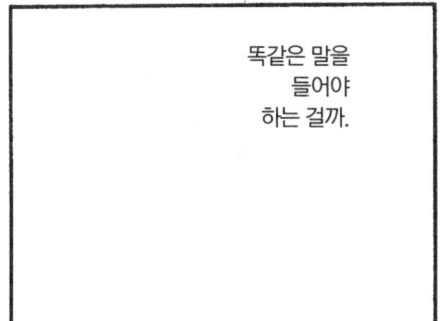

우물   우물

달걀프라이를
먹을 땐

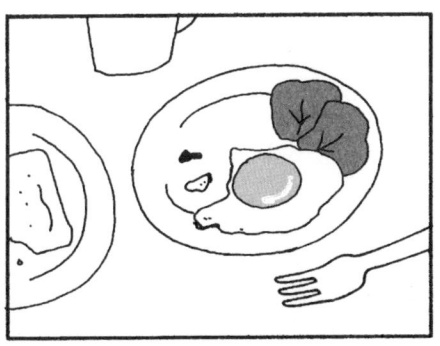

꿀꺽

꼭
저 얘기를
한다.

나는 평생

달걀프라이에
소스를 뿌려서
먹을 건데.

몇백 번도
더 들었다.

케이,
볼에
묻었다.

소용없다는 걸 알면서도

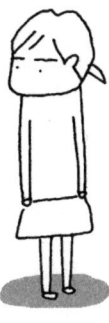

고칠 생각이
전혀 없다니까.

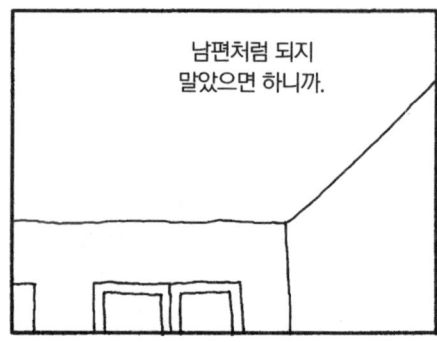

남편처럼 되지
말았으면 하니까.

또 쓰레기통
밖에 떨어져
있네.

세면대 쓰고 나면
좀 닦아놓으라니까!

수백 번도
더 말했는데

제대로 통 안에
넣으라고

세제는
많이!

팍팍

또 양말을
뭉쳐서 벗어놨네.

너저분

왜 아무리 말해도
나아지질 않는
걸까?

남편은

윙 윙
윙

제대로
벗어놓으라고
그렇게 말했는데.

윙

윙

철퍽

철퍽

왜 아무리 말해도
고치질 않는 걸까?

아무 소용이
없어.

내가 아무리
말해도

오늘도 내가
더러운 양말을
만져야 하잖아.

만지기
싫어서
휘둘러
편다.

에잇!

에잇!

벗어놓은 남편 양말 만지기가 싫어서요….

뭉쳐놓은 양말 있잖아요

그로부터 수년. 여전히 펴고 있다.

착해 보이던데.

야마다 씨네 남편?

아직 기대하는 내가 나쁜 건가?

하루 종일 신은 양말을 뭉쳐놓은 채로 바구니에 넣어놓거든요.

아무리 말해도 그대로라

애초에 기대하질 말았어야 했나?

그래서 항상 세탁기에 넣기 전에 제가 펴야 돼요.

왜 그래? 무슨 고민 있어?

아뇨…

써걱

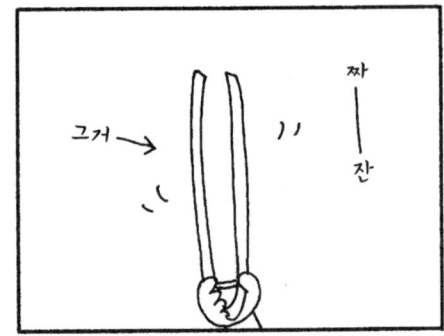

제2장

그 두 글자가 떠오르지
않는 날은 없다

탁
탁
탁

쉬는 날이라고 잠만 자면 아깝잖니?

자, 애들아! 일어 나야지.

잘 잤어?

아빠~, 축구하러 가자~.

아함

탁
탁
탁

나 오늘은 커피만 줘.

축구~ 축구!

응? 아빠.

탁
탁
탁

응.

나중에.

숙제 먼저 하고 와.

아빠 바쁘시니까

응?

응?

축구우~.

눈앞의 자식들보다 컴퓨터가 더 좋아?

너희들 숙제 했어?

저녁에 할 거야.

모처럼 휴일인데 좀 쉬자.

지금 해.

숙제 다 해야 갈 거야.

뭐?

알고 있는데 ♪

기대하면 안 된다는 걸

아빠도 안 그러는데?

왜?

서른이 넘으면 버릇을 고치기가 어려워.

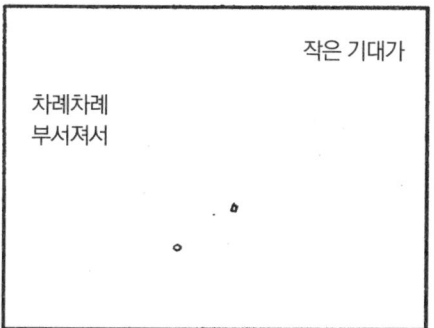

작은 기대가

차례차례 부서져서

슈는 아직 고칠 수 있잖니?

)) 큼큼

따끔따끔 찌르듯이

내 안에 쌓여만 간다.

타케는 어릴 때부터
알고 지냈지만

타케 아빠는
거의 본 적 없다.

밖에서
건강하게
뛰어노는 게
제일이죠~.

역시
남자애는

저렇게
웃을 수 있다니
행복하네요~.

똥
하나로

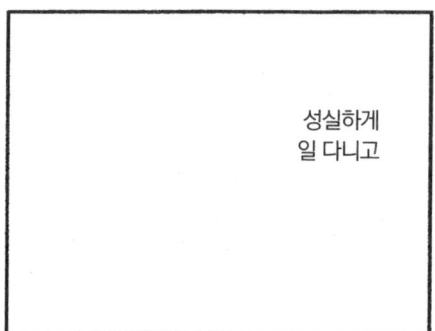

성실하게
일 다니고

아~
날씨 좋다.

바람도
안 피고

빚도 없고

행복이라….

이웃이 보기엔
좋은 남편이겠지….

폭력을 휘두르지도
않는다.

하지만

애들아~
마실 거
사왔어!

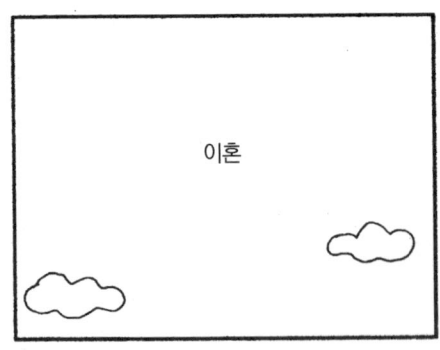

이혼

좋았어, 휴식!

이겼다~

그 두 글자가
떠오르지 않는 날은 없다.

아뇨
저희가
더~

항상
신세
지네요

제3장

진짜 나는 어디에?

결혼 전부터
였는지도.

어쩌면

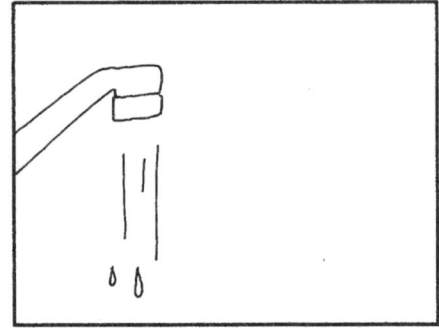

'이혼'이
아니지
않나….

결혼 전에
생각했다면

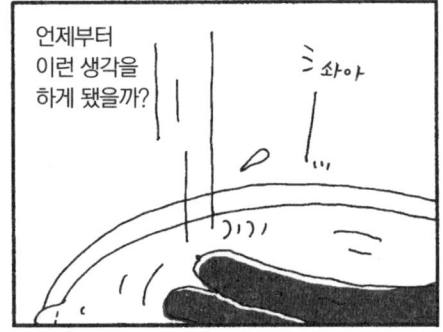

언제부터
이런 생각을
하게 됐을까?

좌아

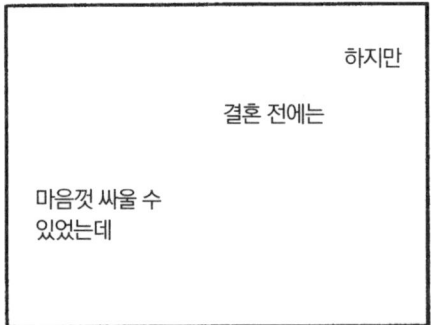

하지만

결혼 전에는

마음껏 싸울 수
있었는데

톡 톡
톡
톡

이렇게
멋진 곳에서
뭐 하는 거야!

정말~

아니면 훨씬 더
전부터?

애들이 태어난
뒤부터?

냄새 나.

앗, 나 오이 싫어.

방귀라니 최악이야.

뭐 하냐니?

편식하면 몸에 안 좋아.

애도 아니고.

더군다나 나 있는 쪽으로 꼭 그래야겠어?

뭐 어때, 그럴 수도 있지.

자자, 소금 뿌려서 먹어봐. 맛있어~.

그래도 싫은 건 싫은 거야!

몇 번이나 싸웠다.

나 갈 거야.

말하고 싶은 건 다 말해 버리고

알았다고~

하지만

결혼하면 서로 더 이해하게 될 거라고,

참 잘했어요!

왝

그러고서 화해하고

왜애

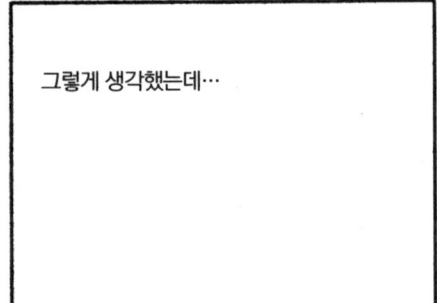

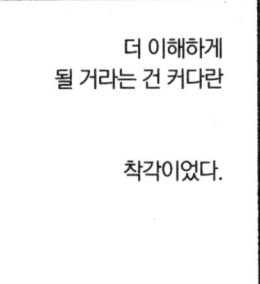

네 —

아마다 씨
그거 끝내면
밥 먹으러 가~

오이 맛있는데.

하지만

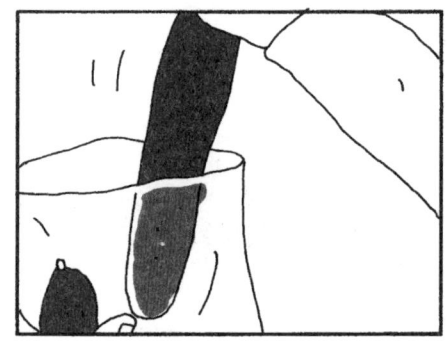

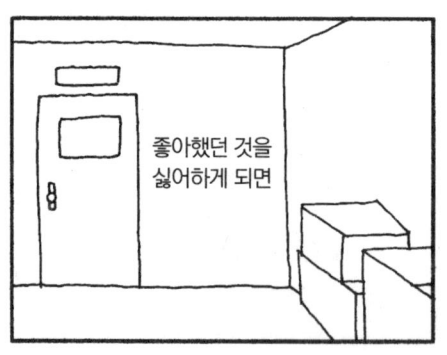

좋아했던 것을
싫어하게 되면

싫어하는 걸
좋아하게 되는
경우란 없을까?

두 번 다시
좋아지지 않을 것 같은
기분이 든다.

있겠지….

지이잉

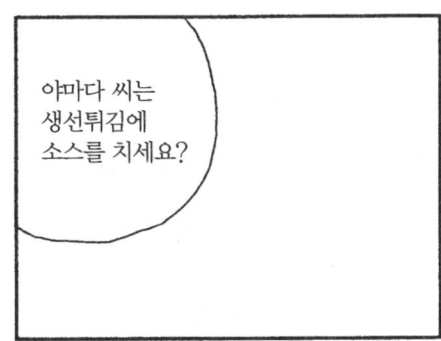

좋겠다,
니시가와…

윽,
그런가요?

…의 '아내'.

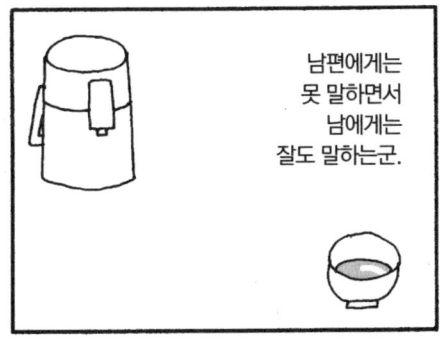

남편에게는
못 말하면서
남에게는
잘도 말하는군.

미안,
니시가와.

속이 조금
풀렸어.

니시가와,
오이 절반
줄게.

네?
정말요?

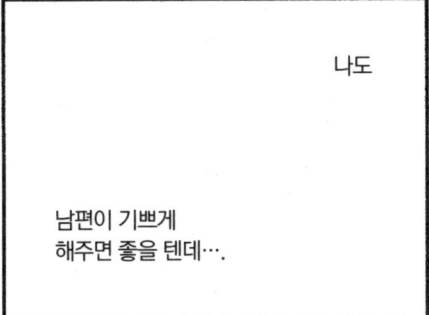

나도

남편이 기쁘게
해주면 좋을 텐데….

와~ 아내가
기빠하겠는데요

그냥 아무 얘기나. 누군가랑 얘기하고 싶어,

색색   푸

탁
탁
탁

탁
탁   탁

탁
탁
탁

아아~

심심해.

가족이랑 얘기도 좀 하라고!   진짜 뭐야! 인터넷만 들여다보고!

탁
탁
탁
탁

척

얘기했다간   이렇게

여보,
오늘 있잖아.

아, 끝났다.

당장 화내겠지.

응?

핏

틀림없이
저 컵 정도는

박살 내고도
남을 거야.

이거 볼 거니까
말 걸지 마.

스포츠 뉴스

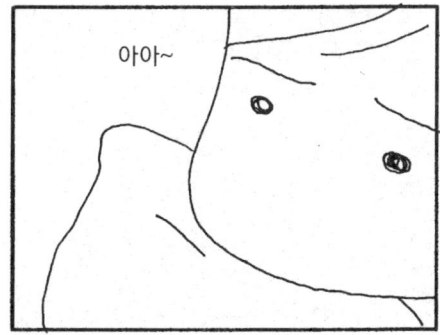

아아~

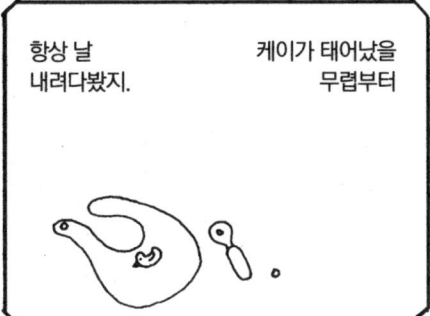

항상 날 내려다봤지. 케이가 태어났을 무렵부터

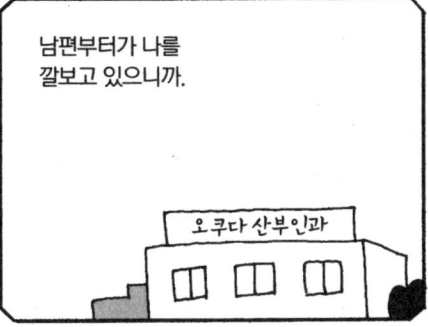

남편부터가 나를 깔보고 있으니까.

오쿠다 산부인과

정말이지 할 줄 아는 게 뭐야.

왜 이런 것도 못해?

뭐? 젖이 안 나온다고? 왜?

그런데 그것도 제대로 못해?

집에서 애만 보니 얼마나 편해?

엄마 실격이네.

난 밖에서 일하고 왔다고!

아

피곤해

요즘은 우유가 잘 나오니까 괜찮아요

흑 흑

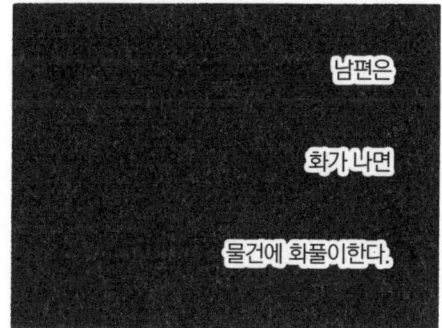

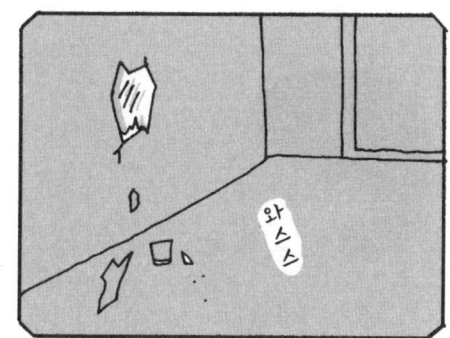

기분이 좋을 때는 '착한 남편'.

안녕하세요~

'좋은 가장'.

아우—

어머~ 아빠랑 같이 나들이해요? 보기 좋네.

우리 애가 항상 밤에 울어서 죄송합니다.

어머, 괜찮아요.

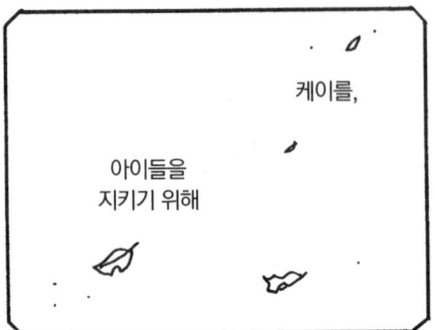

케이를,

아이들을 지키기 위해

잘 가~

아기가 우는 건 당연한 건데요, 뭘.

케이한테
열이
있다고?

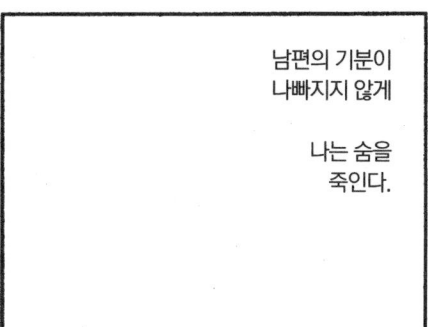

남편의 기분이
나빠지지 않게

나는 숨을
죽인다.

그럼 난
밖에서
밥 먹고 올게.

뭐?

…나 있어도
아무 도움이
안 되잖아.

그러면

이 집은

그럴지도
모르지만….

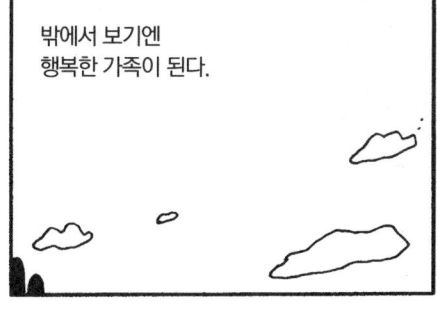

밖에서 보기엔
행복한 가족이 된다.

고통을 나누거나

서로 이해하는 건 불가능하다.

나도 불안하단 말이야.

같이 있어줘도 괜찮잖아.

주룩

주룩

스스로 알아서 해.

엄마잖아?

생각났다.

그 무렵부터 나는 속마음을 말하지 않게 됐다.

쾅

이 사람한텐 무슨 소릴 해도 소용없다.

남편 앞에서는

진짜 나를 숨긴다.

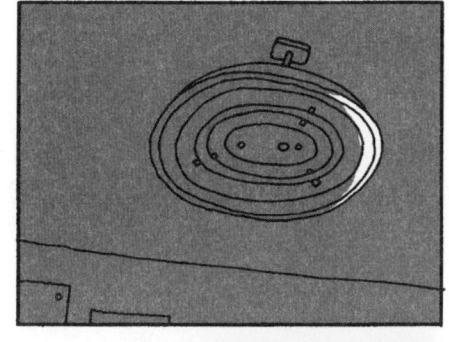

그러는 나 자신이
정말 싫다.

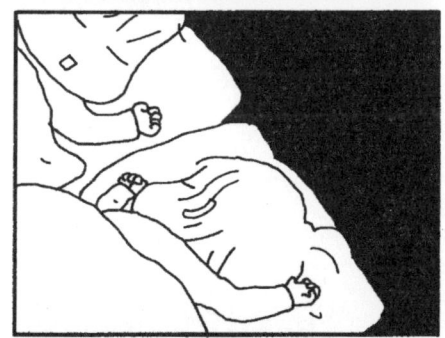

이런 상태로

앞으로도
이 사람과
함께하는 게
의미가
있을까?

그만…

이혼해도
되지 않을까?

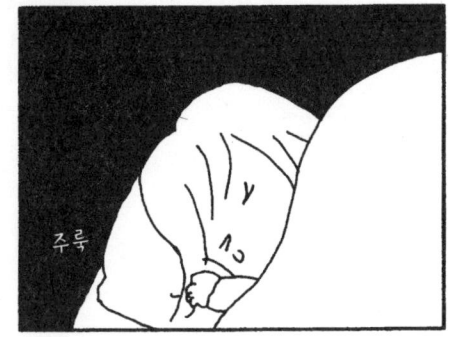

주룩

제4장

결정타 부족

돈만 있으면 당장 헤어지고 싶어.

우리 남편은 거칠어. 기분이 나쁘면 바로 손이 날아와.

이혼 생각해보신 적 있으세요?

응.

네? 때린다고요…?

헉

아니 그게… 친구 얘긴데요.

아

하지만 애들이 헤어지지 말라고 우니까~.

아니 왜 안 헤어지는 거지….

그렇지? 그 착해 보이는 남편한테 불만이 있을 리가~.

윽

애들이 클 때까지 참는 거지 뭐.

흥

때리는 남편 싫다

웩

난 맨날 생각하는걸.

네?

…그렇구나.

우리 집은 물건은 걷어차도 때리진 않고 가끔 애들이랑 놀아주기도 하고…

네? 왜?

우리도 애만 크면 바로 이혼할 거야.

우리 남편은 그래도 나은 편인가…?

기타가와는 왜 헤어졌어?

내가 일하고 기진맥진해서 집에 가도 집안일은 일절 안 해.

우리 남편은 아무것도 안하거든.

네? 뭐가요?

일을 더 하라는 거야.

게다가 요전에는 시급이 좀 괜찮아 보였는지

기가 막혀서!

무슨 애… 아아, 이혼?

그래 그거.

자기는 전혀 일 안 하는 주제에 열 받잖아!

당연하지!!

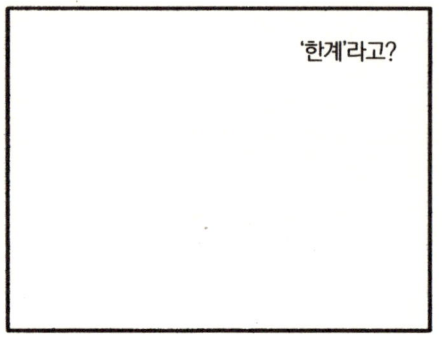

'한계'라고?

얘기할 순 있는데 세 시간은 걸려요.

나는 아직

한계가 아닌 걸까.

음, 이유는 한두 가지가 아니에요.

엄청 이런저런 일이 많았나봐….

한계란 게 뭐지?

참는 데 한계가 왔죠.

별의별 일이 다 쌓여서

그게 뭔지도 잘 모르겠어.

그대로 있었다간 미쳐버렸을 거예요.

'그때'를 위해 돈을
조금씩 모으고 있다.

대체 어느 정도라야
안심이 될까?

케이랑 슈
셋이니까

방은 두 개면
되겠지?

냉장고
세탁기

집 빌릴
돈이랑

해도 잘
들 것 같고….

이 집
괜찮네.

○○ 만엔

전자
레인지.

텔레
비전

이런 계산을
몇 번이나
했더라.

케이는 착하니까
울 테고

욕 실

으…
하지만 욕조가
별로인데….

아빠를 좋아하니까.

슈는 활기찬
아이지만…

낡고 더러운 집이라도
상관없어지려나…?

정말로
한계 상황이
오면

도와주는 제도가
있다지만 얼마나
받을 수 있을까?

파트 급여만으로는
도저히 무리겠어.

새로운 일을 찾거나,
다른 일을 더 해야지.

만약…
그렇게 되면

이혼한다고 하면
싫어하겠지….

케이랑 슈는

나만 참으면
되는 건데.

아이들은
누가 봐주지?

하지만
그렇게 되면

정사원으로
올려달라고
사장한테
부탁해볼까….

나는 대체
뭘 어떡하고
싶은 거지?

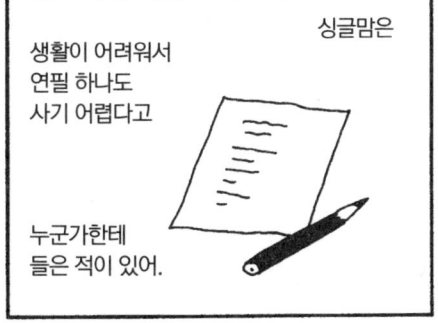

싱글맘은

생활이 어려워서
연필 하나도
사기 어렵다고

누군가한테
들은 적이 있어.

케이랑 슈 셋이서

아이들한테
그런 생활을
시킬 바엔

집 주변에 꽃도 심고.

신나라~

그저 웃으면서 살아가고 싶은데…

덜컹

엄마, 뭘 그려?

작아도 좋으니 평화로운 집에서.

집이야? 누구 집?

꾸, 꿈에 나왔던 집.

둘러대자.

작고 귀엽고 평범한 집…

케이는 어떤 집이 좋아?

초록색 벽으로 지어진 집!

초록색?

좀 더 평범한 느낌으로?

쿵

이렇게
이렇게~.

나도
그릴래.

오~
멋진데.

타케네
이사했대.

슈도
그릴래?

뭐?

난 이 집이
좋아.

타케랑
타케 엄마랑
산대.

낡은
빌라에서

엄마랑 아빠랑
형이랑 계속
살래.

이 아파트
집에서

엄마는 그런 생각이 들어.

낡았대?

미안해 슈.

응. 화장실이 학교 같대.

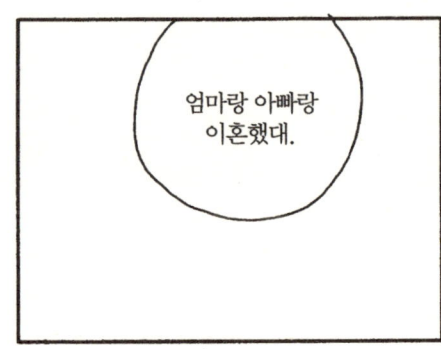

엄마랑 아빠랑 이혼했대.

결단하는 사람과 결단 못하는 사람은 뭐가 다른 걸까.

뭐? 타케루네 이혼했대?

흐음~ 그리고 보면 그 집 엄마 좀 어둡지.

이웃에서 보기엔 '좋은 남편'

탈출했구나.

매일 열심히 일하고 빚도 없고 바람도 안 피우지.

새치기당했어.

부럽다.

'좋은 남편이네요'라는
말을 듣는 게
싫은 건 아니다.

'폭력'이나
'빚'처럼

사실은 그렇지 않다 해도…

그런 창피한 얘기를
일부러 하고 싶진 않아.

알기 쉬운 결정타가
우리 집엔 없어.

불쌍한 여자로
보이고 싶지 않아.

남편에게 뭔가
결정적인 결점이
있었다면

행복해 보인다는 말을
듣고 싶어.

행동할 수 있었을까…?

화나면 물건에 화풀이 한다고?

컴퓨터만 한다고?

대놓고 나쁜 사람이었으면

남편이 조금만 더

네가 먼저 기분 나쁘게 말한 건 아니고?

뭐 물건에 화풀이 하는 건 안 좋지만

결심할 수 있을까?

네가 쓸데없는 말을 하니까 그러겠지.

잔소리만 안 하면 화내지 않는 거지?

너네처럼 좋은 남편 없어.

훨씬 더 지독한 집들도 많은데

무슨 소릴 하는 거니.

제 5 장

개라고 생각하자

아~ 제 아내가 좋아할 맛이에요.

푸딩 같은 거 좋아하거든요.

슈퍼마켓

와! 정말요? 야호!

그럼 여기 남은 거 가져가.

이거 다음 달 발매되는 신제품인데요.

자~

밤에 둘이서 간식 먹으면 더 맛있더라고요.

아내랑 같이 먹을게요. ♡

네

드시고 나중에 감상 들려주세요.

니시가와네는 정말 사이가 좋구나.

흐음

젊은 애들이 좋아할 거 같아.

그러게요.

오, 맛있네.

수고하셨습니다

설마 이런 생각을
하는 날이

올 거라고는

분명 다들

상상도
못 했을 거야.

나도 그렇고

싫어하면서도
헤어지고 싶다고
생각하면서도

무심코 남편이 좋아하는
술을 사버린다.

아 이거
케이 아빠가
좋아하는 술!

어, 엄마
왔다!

의외로
파는 곳이
별로
없다니까.

응, 빵
먹었어.

배
안 고파?

그래.

사두자.

감사합니다

어머?
타케니?

오셨어요~

으음~
이걸
어쩌지….

늦었으니
집에 가자,

엄마가
걱정하실
거야.

어, 타케야,
엄마 오신 거
아니야?

괜찮아요.
엄마 아직
집에
없으니까.

벌써 시간이
늦었어.
집에 가야지.

괜찮은데.

몰라요.

엄마 몇 시에
오시는데?

타케야,

알았으니까 오늘은 저녁 먹고 가라.

어쩌지

흑

흑

으앙~

여기 아저씨 방이니까 나올래?

엄마한테는 아줌마가 얘기해 줄게.

부탁이야.

부모는 뭐 하는 거야, 부모는?

케이.

타케 당장 나와! 안 나오면 이제 안 놀아줄 거야!

아무리 전화해도 안 받고 휴대전화는 없는 번호라질 않나.

이런 시간까지 애는 나 몰라라 하고.

벌컥

...

어휴

회사 끝내고 와서 피곤해 죽겠는데.

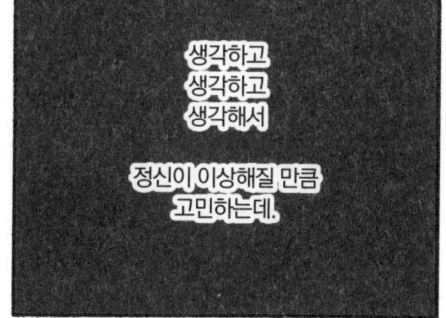

저게 다 가정교육을 제대로 안 시켜서 그래.

타케가 저렇게까지 우는 거 처음 봤어.

여러 사정이 많아서

불안정해진 거지.

타케는 착한 애야.

케이랑 슈는

제대로 가르쳐놔.

...

어휴~ 겨우 조용해졌네.

그런 차가운 말밖에 못 해?

당신은

...

꿀꺽

나 원 참 두 배로 피곤해졌잖아.

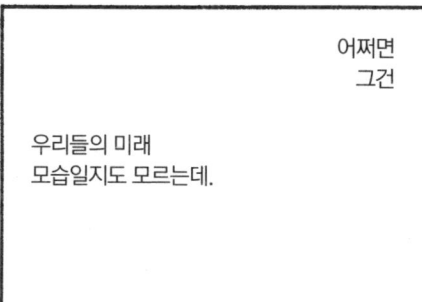

어쩌면 그건

우리들의 미래 모습일지도 모르는데.

타케 엄마가

자식 걱정을 안 할 리가 없잖아.

아~

시끄럽네.

그래도 도저히

못 참겠으니까 어쩔 수 없었던 건데.

캉

뭐야?

이번엔 네가 설교냐!

캉

시끄러운 꼬마가 없어 지니까

타케 엄마도

지금 죽을 각오로 노력 중일 거라고.

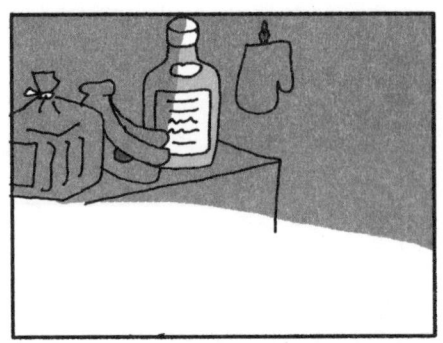

기대 따윈 하면 안 돼.

기대하지 않으면 실망도 안 해.

나도 평온하게 살 수 있어….

변하지 않는다면 내가 변해야 해.
상대가

포기해라 시호.

존이라고
생각하면 돼.

그래

존

별거 아니야.

물건이라고
생각하면

어릴 때 근처에
살던 개 존처럼

돈을 벌어다주는

물건.

개가 짖지
않도록

물리지 않도록

감사한 일이지.

그렇게 생각하면

가까이 가지 않으면
괜찮아.

봐, 엄마

맨 위
서랍.

베이컨은
좀 더 바삭하게
구워야지.

그렇게 생각하면
아무렇지도 않아.

그런데…

안 그러면
베이컨이
아니잖아!

그래?

나 왔어.

있잖아.

우리 회사
인원 감축한대.

뭣

물건이 베이컨
투정을 한다.

너 진짜
정리
못한다.

가위
어딨어?

제6장

준비는 되어 있다

케이도 슈도 걱정할 필요 없어.

아직 어떨지 잘 몰라.

...응.

빨리 밥 먹어.

무서운 꿈.

또 그 꿈 꿨네.

나도 먹었어!

헤헤.

어머나 착해라! 피망 먹었네!

즐거운 꿈이면 좋을 텐데….

모처럼 꾸는 거니.

나도 나이 좀 먹었고

어젯밤 남편이 말했다.

엄마 우리 이사 가?

어서오세요~

남편의 가족 외엔
아는 사람 하나 없는

그럴 바에는

남편과
닮은 형과

남편 편만 있는
그런 곳에?

아~
피곤해.

싫다.

가고 싶지 않아.

배추건 양배추건 아무렴 어때.

어젯밤 저녁에 만두를 먹었거든요.

배추랑 고기가 든 만두였는데

듣고 있자면 너무 사소해서 별거 아닌 것 같지만

장본인에게는 큰일이겠지.

제가 양배추 만두가 더 좋다고 했더니

아내가

'그럼 먹지 마!' 라고 하면서

왜 웃으시는 거예요?

아니, 왠지

니시가와도 부부 싸움 하는구나 싶어서.

화내는 바람에

저 어젯밤에 밥이랑 된장국밖에 못 먹었다고요.

어?

그런 일들이

점점 쌓여서 깊은 골이 생기는 거야.

오늘 아침엔

'직접 해먹어' 라질 않나!

호오

진짜 화나요

뭐예요,
그게?

네?

?

왜 화가 난 건지
얘기를 들어봐.

상상이
간다

맞아
맞아.

자기도 일 때문에
힘든데 열심히
만든 걸 테니까

야마다 씨 남편은
착하잖아요.
싸움 안 하지
않아요?

아~
부럽다

그러면
제가 지고
들어가는 것
같잖아요.

어….

화나면 물건에
화풀이하고

…착한 사람
아니에요.

야마다
씨네도
부부 싸움
하나요?

안
괜찮다고요!

물건에
화풀이하는 것
정도야 뭐~.

안 하는
것처럼 하고
있어….

…안
하는 건
아닌데…

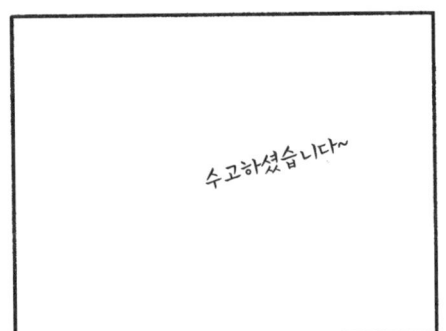

지금 야마다 씨가
딱 그 시기지?

티 나나요?

나는 그 후 3년쯤
지나니까
마음이
편해졌어.

나도
겪은 일인걸.

몇 년 후
어찌될지
기대 중이야.

이혼 생각을
안 하는 날이
없었지만

돈도 없고
애들 생각
하면….

우리 집은
폭력남편
이니까.

좋겠어요.

전 아직
멀었는데….

하아

아직 애들이 어려서,
십 년만 참자고
생각할 때는
정말 힘들었어.

그렇겠지.

야마다 씨네는 평화로워 보여도

애들이 참을 바엔 내가 참는다.

몇 번 생각해도 답은 똑같아.

야마다 씨가 말하지 않고 참으니까 그래 보이는 것뿐이지?

하지만 참는 데에도 한계란 게 있잖아.

야마다 씨한테 제일 소중한 건 뭐야?

한번 맞을 각오로 다 말해보는 게 어때?

애들요.

하지만

앗, 이런 말을
하면 안 되나?

아하하

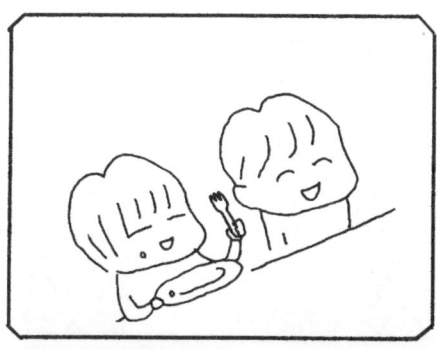

짐도 되도록
늘리지 않으려고
노력했어.

아주 예전부터
돈은 조금씩
모아왔고

아직

실행하지
못한 채

준비는 이미
되어 있다.

쓱쓱

집을 사버린다면

남편의 본가로 들어가버리면

얼굴 괜찮을까?

스마일 스마일.

후ー하ー 후ー하ー

철컥

나… 왔어.

으앙~!

실행할 수 없게 돼.

더더욱

으앙~ 으으아앙~!

으앙~

엑?

자기도 맨날 컴퓨터만 하면서.

내 게임기~ 아빠가….

으앙

뭐?

게임기를 부술 것까진 없잖아!

말로 하면 슈도 알아들을 텐데.

앗!

말버릇은 또 그게 뭐야.

다 니가 잘못 가르쳐서 그런 거잖아!

숙제 안 하는 놈이 나쁜 거지.

빠각

104

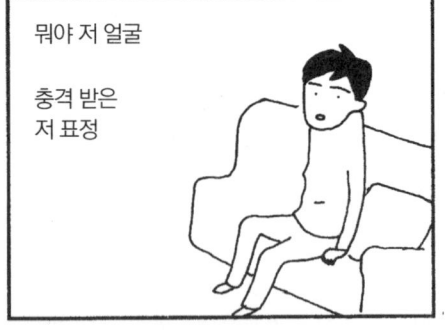

제 7 장

그날이 왔다

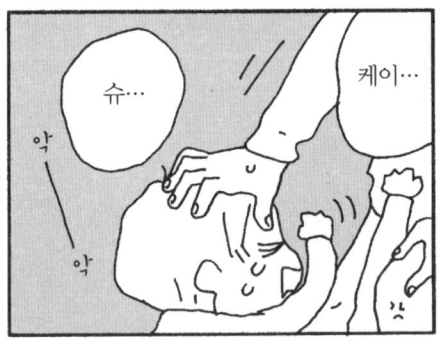

이제
못 참아!

당신과는

같이
살 수 없어!

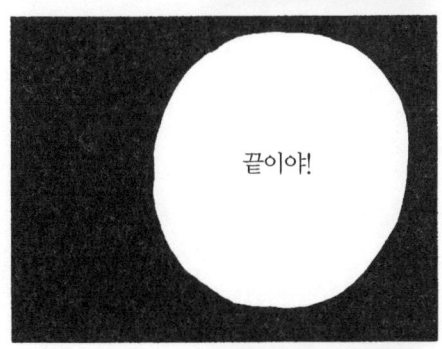

끝이야!

헤어져!

으

말했다.

줄곧
계속해서

쿵쾅

쿵쾅

쿵쾅

쿵쾅

아아아아

말하고 싶었던
것을.

말했어, 나.

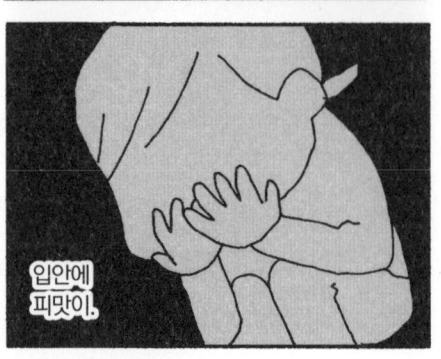

입안에
피맛이.

말해버렸어.

그러니 아주 심한 건 아닐지도 모르겠지만….

지금까지는 물건만 부쉈거든요.

…아뇨, 실은

보세요.

어머.

좋은 계기가 되었어요.

더 이상 못 참겠다고 생각하던 차라

아녜요. 언젠가 이리 될 줄 알았어요.

미안! 내가 쓸데없는 소릴 해서….

기타가와 씨!

물건 부수는 것도 가정폭력이야.

에헤

참던 말을 하니까 속이 시원해졌어요.

가정폭력을 당하는 사람은 항상 그게 별일 아니라고 생각하더라고~.

뭐, 맞은 건 처음이에요.

착해 보이는 인상이었는데 때리다니… 충격이야.

쿠 ── 웅

뒤통수에 → 원형탈모

그래서 별거 아니라고 생각했지.

내 전남편은 말은 거칠어도 때리진 않았어.

상상 이상으로 스트레스 받고 있나?

전혀 눈치 못 챘어.

몸이 안 좋아 지더라고.

하지만 자꾸 현기증도 나고

기타가와 씨 정말 힘드셨겠어요.

으악~ 그건 진짜 너무하다~.

나 탈모야? 있어? 있어?

기타가와 씨, 무슨 일 있으셨어요?

…네?

어느 날 미용실에 갔는데.

그 정도야 참을 수 있다고 생각했는데

폭언도 가정폭력인 줄 몰라서

응?

저기… 뒤쪽에…

자신을 속이고 있는 거였어.

여기 일 끝나면 도시락집에서 야간근무 해.

알아? 기타가와는

탈모도 없어졌고

먼저 실례.

지금은 헤어져서 속 시원해!

여자 혼자서는 역시 경제적으로 큰일이니까…

서두르지 말고… 잘 생각해봐.

아이들이 전학할 필요 없게 근처로 이사 하려고요.

살 집을 찾을 거예요.

앞으로 어떡할 거야?

밝은 색의
카펫 깔고

여기에
탁자 놓고

남편 눈치
볼 것 없이

웃으면서
사는 거야.

케이랑 슈랑
셋이서

오랜만에
활력이
샘솟는데~.

이런 기분
오랜만이다….

제8장

소리 내어 울 수만 있다면

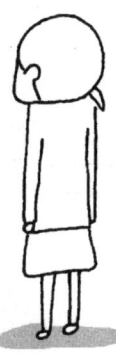

여자란 변하는가봐요.

아하하

야마다 씨, 무슨 좋은 일 있어요?

응? 그래 보여?

나도 변할 거야. 강해져야 해.

꾹

뭐….

한창 신혼 이니까?

니시가와도 좋은 일 많잖아!

케이랑 슈는 내가 지킬 거야.

요새 아내가 점점 세게 나와서요~.

그게요….

어? 학교네.

작고 귀엽고 지켜주고 싶은 존재였는데….

전에는 뭐랄까…

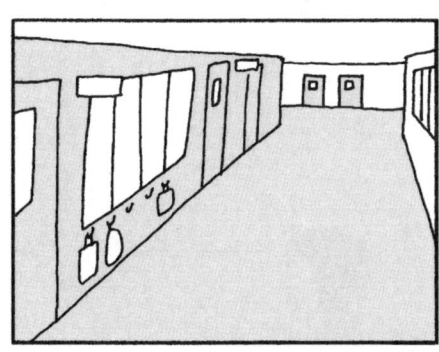

자기 얼굴
이라는
주제로

다들 열심히
그렸어요.

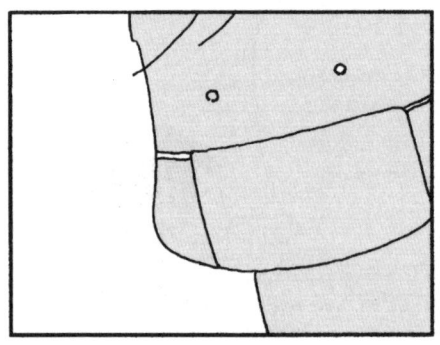

케이는 그림을
잘 그리는 편은
아니라서.

...케이의 그림을
전시해도 될지
모르겠어서요.

오늘 그림
그리는 시간에
갑자기 눈물을
그려넣더라고요.

헉

케이의 그림이
울고 있어.

흔들리지 마, 시호.

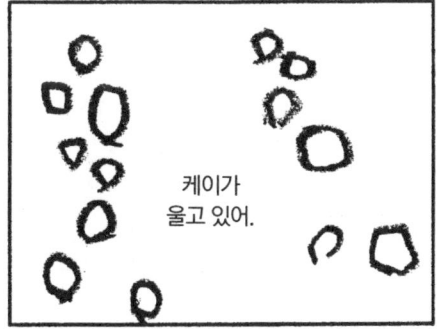

케이가
울고 있어.

꺾여선 안 돼.

내가 하려는 일이

틀린 건
아니겠지?

쿵쾅
쿵쾅
쿵쾅
쿵쾅

아파?

행복해지고 싶어…

아무렇지도 않아.

괜찮아.

아이들과 함께.

엄마는 강하니까!

게임기 부수고

아빠 싫어.

엄마 때리고

아직도 그대로다.

입안의 상처는

만일 남는다면?

왜 눈물을 그렸는지

아니,
남지 못한다면?

물어볼 수가 없어.

달그락

하아
….

이 기회를
놓치고
싶지 않아.

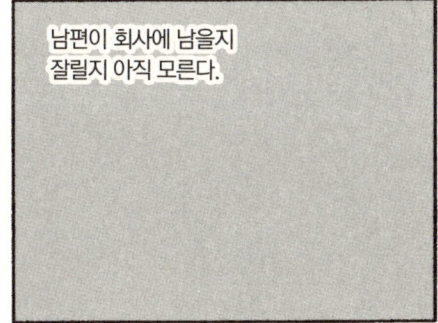

남편이 회사에 남을지
잘릴지 아직 모른다.

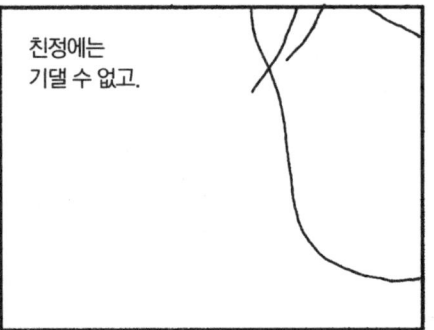

친정에는
기댈 수 없고.

파트타임의 수입이
8만 엔 정도.

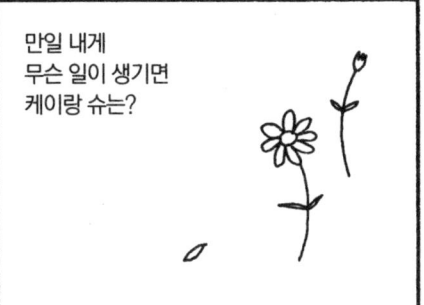

만일 내게
무슨 일이 생기면
케이랑 슈는?

광열비   식비

전기세

똑같은 생각만
하고 있어.

벌써 몇 년
동안이나

아동부양수당이
4만 엔 정도?

지금 정하지
않으면

양육비는 얼마나
받을 수 있으려나.

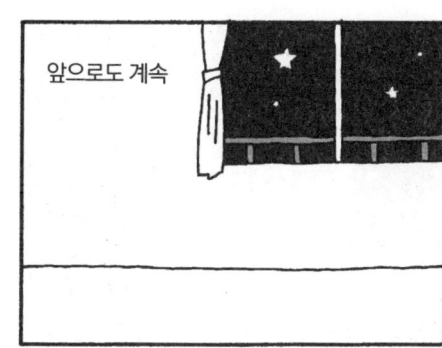

어디까지
가는 거야?

아이스크림
다 녹겠어.

엄마,
집에 가자.

응?
엄마.

해가 참
잘 들더라.

여기
2층 방에

엄마?

나야.

여보
세요….

아빠 혼자
불쌍하잖아.

그렇지만

오늘 발표
났는데

나 남게 됐어.

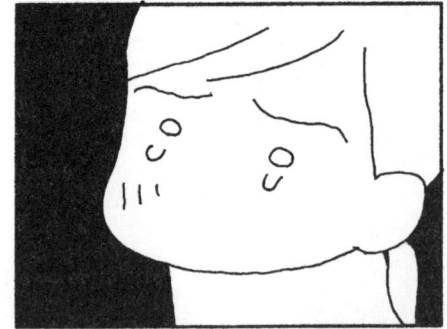

슈.

케이랑 슈를
놔두고 갈까?

빨리
집에 가자.

나 혼자서?

...

형
~!

엄
마
~!

틀렸어…

머릿속이
엉망진창
이야…

엄마.

같이 집에
가자.

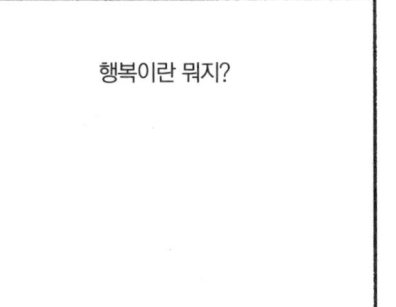

행복이란 뭐지?

애들요.　　　　소중한 게 뭐야?

케이랑 슈가
웃을 수 있다면

그것이
내 행복.　　　둘이 웃고만
　　　　　　있으면

엄마랑
아빠랑
같이 살래.

응?
제발.

아이들의 행복이 나의 행복.

내가 엄마를 지킬게.

어떻게 사람을 때릴 수가 있어?

미안, 케이.

다음에 또 그러면 절대 가만 안 둬!

케이가 이런 말 하게 만들다니.

집에 가자.

내가 케이랑 슈를 지켜야 해.

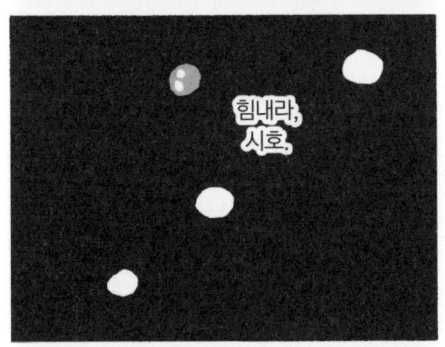

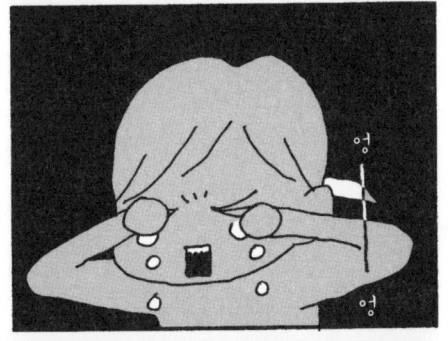

나만 참으면 되는 거라면

참아주겠어.

결국…

다 없던 일로?

지금은 내가 참으면 돼.

이사도

'없던 일'로.

이혼도

해고도

지금은

…잘됐네.

…감사 합니다….

그래, '지금은'만은

결코 포기하지 않아.

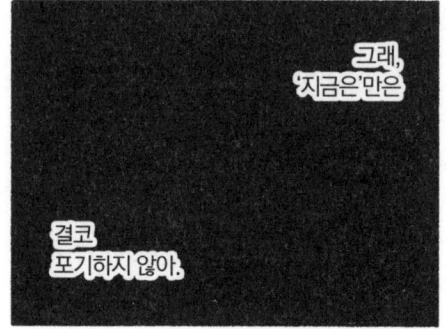

제 9 장

반드시 언젠가

하지만 결코
믿진 않는다.

고마워~

케이 아빠가
양말을 펴놨어!

우아~
기적?

아빠,
축구하자!

그 뒤로

남편은 이상할 정도로
상냥해졌다.

타케루,
엄마한테
얘기하고
왔니?

네.

좋았어.

가끔은

내가 할게

와

그럼
가자.

146

역시나
본성 나왔다.

나도
좋아해.

애들은
바다
좋아하네.

지금의 모습은
일시적인 것.

음~ 소금
들러붙는 게
좀….

당신도
좋아하지?

사람은
그리 간단히
변하지 않아.

나 원 참~
모처럼 사람이
기분 좀
내자는데….

와!
별이다!

눈치가
없다니까.

정말

별에 소원을

꺾이지 마, 시호.

반드시 언젠가

헤어지는 그날까지.

이혼할 수 있기를.

끝내며

마지막까지 읽어주셔서 감사합니다.

이 이야기의 주인공, 시호는 '언젠가 반드시'라며
당장은 이혼하지 않는 길을 선택합니다.
찬반이 있겠습니다만, 다 읽고 어떤 생각이 드셨을까요?

한 번뿐인 인생이니 누구든 후회 없이 살고 싶겠지요.
하지만, 아이들이나 금전 문제, 부모님 등 여러 가지 사정 때문에
자신만의 길을 갈 수가 없습니다. 그래서 고민하지요.
이미 자신만의 인생이 아니라는 사실을 알기 때문에
앞으로 나아갈 수가 없게 됩니다.

결혼하면 행복해질 줄 알았는데,
지금은 이혼해야 행복해질 거라고 생각합니다.
하지만 결혼해서 행복해질 수 없었던 것처럼
이혼해서 행복해질 거라고는 장담할 수 없습니다.

그래도 지금이 최악이라고 판단한다면?
만일 당신이 시호라면, 무엇을 가장 우선하겠습니까?

그런 마음을 담아서 그렸습니다.
읽어주신 분들이 각자 결론을 내주시길 바랍니다.

이 책을 읽어주신 것에 다시 한 번 감사드립니다.
또한 집필에 힘을 빌려주신 주변 분들께도 진심으로 감사드립니다.

2014년 8월
노하라 히로코

이혼해도 될까요?

ⓒ 노하라 히로코, 2015

초판 1쇄 인쇄일 2015년 4월 8일
초판 1쇄 발행일 2015년 4월 13일

글그림   노하라 히로코
옮긴이   장은선
펴낸이   강병철
주간   정은영
편집   이지웅 유석천
저작권   김지영
마케팅   이대호 최형연 한승훈 전연교
제작   이재욱

펴낸곳   자음과모음
출판등록   1997년 10월 30일 제313-1997-129호
주소   121-840 서울시 마포구 양화로6길 49
전화   편집부 (02)324-2347, 경영지원부 (02)325-6047
팩스   편집부 (02)324-2348, 경영지원부 (02)2648-1311
E-mail   munhak@jamobook.com
커뮤니티   cafe.naver.com/cafejamo

ISBN   978-89-5707-847-1 (17830)

이 도서의 국립중앙도서관 출판예정도서목록(CIP)은 서지정보유통지원시스템 홈페이지
(http://seoji.nl.go.kr)와 국가자료공동목록시스템(http://www.nl.go.kr/kolisnet)에서
이용하실 수 있습니다.(CIP제어번호:CIP2015009627)

딸이 학교에 안 갑니다
부모와 자식이 함께 헤맸던 198일간

등교를 거부하는 아이에 대한 만화 에세이.
마음고생 하는 전국의 어머니들이
학교에 갈 수 없는 죄책감 속에서
하루하루를 보내는 아이들과 함께
이 책을 읽고, 혼자가 아니라는 걸 알고, 웃으면서
조금이라도 편해졌으면 합니다.

엄마, 오늘부터 일하러 갑니다!
15년 만에 재취직! 만화 에세이

스즈키 유리코, 40세이며 전업주부 경력 15년.
가정 살림과 아이들의 학원비를 위해
다시 취직에 도전하기로 결심했다!
용기와 기운이 나는, 생생한 재취직 만화 에세이.